文心雕龍訓故卷之四

史傳第十六

開闢草昧歲紀綿邈居今識古其載籍乎軒轅之世史有倉頡主文之職其來久矣曲禮曰史載筆左右使之記巳者左史記事者右史記言者言經則尚書事經則春秋唐虞流于典謨商夏被于誥誓洎周命維新姬公定法紬三正以班曆貫四時以聯事諸侯建邦各有國史彰善癉惡樹之風聲自平王微弱政不及雅憲章散

紊彝倫攸斁夫子閔王道之缺傷斯文之墜靜居以歎鳳臨衢而泣麟於是就大師以正雅頌因魯史以修春秋舉得失以表黜陟徵存亡以標勸戒褒見一字貴踰軒冕貶在片言誅深斧鉞然睿旨存亡幽隱經文婉約丘明同時實得微言乃原始要終創爲傳體傳者轉也轉受經旨以授其後實聖文之羽翮記籍之冠冕也至從橫之世史職猶存秦并七王而戰國有策蓋錄而弗叙故即簡而爲名也漢滅嬴項武功積

年陸賈稽古作楚漢春秋爰及太史談世惟執
簡子長繼至甄序帝勣比堯稱典則位雜中賢
法孔題經則文非元聖故取式呂覽通號曰紀
紀綱之號亦宏稱也故本紀以述皇王列傳以
總侯伯八書以鋪政體十表以譜年爵雖殊古
式而得事序焉爾其實錄無隱之旨博雅弘辯
之才愛奇反經之尤條例踳落之失叔皮論之
詳矣及班固述漢因循前業觀司馬遷之辭思
實過半其十志該富讚序弘麗儒雅彬彬信有

遺味至於宗經矩聖之典端緒豐贍之功遺親
攘美之罪徵賄鬻筆之愆公理辨之究矣觀夫
左氏綴事附經間出於文爲約而氏族難明及
史遷各傳人始區詳而易覽述者宗焉及孝惠
委機呂后攝政史班立紀並違經實何則庖犧
以來未聞女帝者也漢運所值難爲後法牝雞
無晨武王首誓婦無與國齊桓著盟宣后亂秦
呂氏危漢豈唯政事難假亦名號宜慎矣張衡
司史而惑同遷固元帝王后欲爲立紀謬亦甚矣

矣尋子弘雖僞要當孝惠之嗣孺子誠微實繼
平帝之體二子可紀何有於二后哉至于後漢
紀傳發源東觀袁張所制偏駁不倫薛謝之作
疎謬少信司馬彪之詳實華嶠之準當則其冠
也及魏代三雄紀傳互出陽秋魏畧之屬江表
吳錄之類或激抗難徵或疎闊寡要唯陳壽三
志文質辨洽荀張比之於遷固非妄譽也至於
晉代之書繫乎著作陸機肇始而未備王韶續
末而不終干寶述紀以審正得序孫盛陽秋以
約舉爲能按春秋經傳舉例發凡自史漢以下
莫有準的至鄧粲晉紀始立條例又撮畧漢魏
憲章殷周雖湘川曲學亦有心典謨及安國立
例乃鄧氏之規焉原夫載籍之作也必貫乎百
姓被之千載表徵盛衰殷鑒興廢使一代之制
共日月而長存王霸之跡並天地而久大是以
在漢之初史職爲盛郡國文計先集太史之府
欲其詳悉於體國必閱石室啟金匱抽裂帛檢
殘竹欲其博練於稽古也是立義選言宜依經

以樹則勸戒與奪必附聖以居宗然後銓評昭整苛濫不作矣然紀傳爲式編年綴事文非泛論按實而書歲遠則同異難密事積則起訖易踈斯固總會之爲難也或有同歸一事而數人分功兩記則失於複重偏舉則病於不周此又銓配之未易也故張衡摘史班之舛濫傳玄譏後漢之尤煩皆此類也若夫追述遠代代遠多僞公羊高云傳聞異辭荀况稱錄遠畧近蓋文疑則闕貴信史也然俗皆愛奇莫顧實理傳聞

而欲偉其事錄遠而欲詳其跡於是棄同即異穿鑿傍說舊史所無我書則傳此訛濫之本源而述遠之巨蠹也至於記編同時同多詭雖定哀微辭而世情利害勳勞之家雖庸夫而盡飾迍敗之士雖令德而常嗤理欲吹霜噴露寒暑筆端此又同時之枉可歎息者也欲述遠則矯誣如彼記近則回邪如此析理居正唯素心乎若乃尊賢隱諱固尼父之聖旨蓋纖瑕不能玷瑾瑜也姦慝懲戒實良史之直筆農夫見莠其

必鍊也若斯之科亦萬代一準焉至於尋繁領雜之術務信弃（一作棄）奇之要明白頭訖之序品酌事例之條曉其大綱則衆理可貫然史之爲任乃彌綸一代負海內之責而贏是非之尤秉筆荷擔莫此之勞遷固通矣而歷詆後世若任情失正文其殆哉

贊曰

史肇軒黃體備周孔世歷斯編善惡偕總騰褒裁貶萬古魂動辭宗丘明直歸南董　校十七字

敘世本注黃帝之世始立史官倉頡沮誦居其職矣

禮記動則左史書之言則右史書之

書甘誓怠棄三正蘇氏謂子丑寅之正

史記陸賈楚人以客從高祖定天下索隱陸賈撰記項氏與漢高祖初起之事名楚漢春秋

漢書司馬喜生談談爲太史公仕於建元元封之間有子曰遷談卒三歲而遷爲太史令

史記呂不韋陽翟人始皇立尊不韋爲相國號稱仲父不韋招致士厚遇之使客人人著所聞爲八覽六論十二紀

後漢書班彪字叔皮扶風人王莽之亂避地河西依竇融光武召補徐令

漢書司馬遷贊至於采經摭傳分散數家之事甚多疏畧或有牴牾又其是非頗謬於聖人然自劉向楊雄博極羣書皆稱遷有良史之才不虛美不隱惡故謂之實錄

史通班固受金而方書陳壽借米而始傳
史記呂后本紀惠帝以戚夫人事因病歲餘
不能起崩太子立爲皇帝號令一出太后帝
壯出怨言太后幽殺之立常山王義爲帝更
名曰弘不稱元年者以太后制天下事也文
帝立太臣以非孝惠子誅之
書牧誓古人有言曰牝雞無晨牝雞之晨惟
家之索
春秋穀梁傳葵丘之盟曰毋使婦人與國事
史記秦昭襄王母芈人姓芈氏號宣太后又
匈奴傳云時義渠戎王與宣太后亂有二子
後漢書張衡上疏以王莽本傳但應載篡事
而已至於編年月紀災祥宜爲元后本紀
漢書平帝崩時元帝世絕而宣帝曾孫有見
王五人莽惡其長大曰兄弟不得相爲後乃
選玄孫中最幼廣戚侯子嬰年二歲託以爲
卜相最吉立之杜氏通典東京圖書悉在東
觀故使名儒碩學入直其中撰述國史
隋書經籍志晉秘書監袁山松後漢書九十
五卷張璠後漢紀三十卷晉散騎常侍薛瑩
後漢記六十五卷吳武陵太守謝承後漢書
一百三十卷
晉書司馬彪字紹統高陽王睦之子太始中
仕秘書郎起世祖終孝獻爲紀志傳凡八十
篇名續漢書
晉書華嶠字叔駿高唐人惠帝元康中轉秘
書監嶠以漢紀煩穢復作後漢書
通志藝文畧孫盛魏氏春秋二十卷魚豢魏
畧五十卷張勃吳錄三十卷
晉書虞溥字允源高平昌邑人歷官鄱陽內
史撰江表傳
晉書陳壽字承祚蜀巴西人歷官著作郎撰
魏吳蜀三國志張華深善之曰當以晉書相
付耳無遷固之語華嶠傳嶠書成時中書監
荀勗等咸以嶠文直事核有遷固風
晉書元康二年詔著作舊屬中書令秘書旣

典文籍宜改爲秘書著作于是改隸秘書著作郎一人謂之大著作專掌史任

通志陸機晉三祖紀四卷

南史王韶之字休泰瑯邪人初爲謝琰行軍參軍私撰晉安帝陽秋書成時人謂宜居史職除著作佐郎使續後事訖義熙九年晉安帝崩

晉書干寶字令升新蔡人王導薦之元帝須國史著晉紀自宣迄愍凡二十卷

晉書孫盛字安國太原人累遷秘書監著晉陽秋詞直而理正世稱良史晉簡文宣鄭太后諱阿春故諱云陽秋

晉書鄧粲長沙人桓冲爲荊州請爲別駕粲以父騫有忠信言而世莫知乃著元明紀十篇

史通令升先覺遠述丘明重立凡例勒成晉紀鄧孫以下遽躡其蹤史例中興於斯爲盛

漢儀注太史公武帝置天下計書先上太史

副上丞相

後漢書張衡欲終成漢記上疏條上司馬遷班固所敘與典籍不合者十餘事

晉書傅玄任雖顯貴而著述不廢撰論經國九流及三史故事評斷得失各爲區例名爲傅子

史記孔子著春秋隱桓之間則章至定哀之際則微謂其切當世之文而罔褒忌諱之辭也

春秋左傳崔杼弒莊公太史書曰崔杼弒其君崔子殺之其弟嗣書而死者二人南史氏聞太史盡死執簡以往聞既書矣乃還

春秋左傳孔子曰董狐古之良史也書法不隱

諸子第十七

諸子者入道見志之書太上立德其次立言百姓之羣居苦紛雜而莫顯君子之處世疾名德之不章唯英才特達則炳曜垂文騰其姓氏懸諸日月焉昔者（一作風后）力牧伊尹咸其流也篇述者蓋上古遺語而戰代所記者也至鬻熊知道而文王諮詢餘文遺事錄爲鬻子子自肇始莫先於茲及伯陽識禮而仲尼訪問爰序道德以冠百氏然則鬻惟文友李實孔師聖賢並世而

經子異流矣逮及七國力政俊乂蠭起孟軻膺儒以磬折莊周述道以翺翔墨翟執儉确之教尹文課名實之符野老治國於地利騶子養政於天文申商刀鋸以制理鬼谷脣吻以策勳尸佼兼總於雜術青史曲綴以街談承流而枝附者不可勝筭並飛辯以馳術饜祿而餘榮矣暨于暴秦烈火勢炎崐岡而煙燎之毒不及諸子逮漢成普思子政讐校於是七畧芬菲流鱗萃止殺青所編百有八十餘家矣迄至魏晉作者

間出讕言兼存瑣語必錄類聚而求亦充箱照
軫矣然繁辭雖積而本體易總述道言治枝條
五經其純粹者入矩踳駁者出規禮記月令取
乎呂氏之紀三年問喪寫乎荀子之書此純粹
之類也若乃湯之問棘云蚊睫有雷霆之聲惠
施對梁王云蝸角有伏尸之戰列子有移山跨
海之談淮南有傾天折地之說此踳駁之類也
是以世疾諸□混洞虛誕按歸藏之經大明迂
怪乃稱羿彈十日姮娥奔月殷湯如茲况諸子

乎至如商韓六虱五蠹棄孝廢仁轘藥之禍非
虛至也公孫之白馬孤犢辭巧理拙魏牟比之
鴞鳥非妄貶也昔東平求諸子史記而漢朝不
與蓋以史記多兵謀而諸子雜詭術也然洽聞
之士宜撮綱要覽華而食實棄邪而採正極睇
參差亦學家之壯觀也研夫孟荀所述理懿而
辭雅管晏屬篇事覈而言練列御冦之書氣偉
而采奇鄒子之說心奢而辭壯墨翟隨巢意顯
而語質尸佼尉繚術通而文鈍鶡冠綿綿亟發

深言鬼谷渺渺每環其義情辨以澤文子擅其能辭約而精尹文得其要慎到析密理之巧韓非著博喻之富呂氏鑒遠而體周淮南汎採而文麗斯則得百氏之華采而辭氣文之大略也若夫陸賈新語賈誼新書揚雄法言劉向說苑王符潛夫崔寔政論仲長昌言杜夷幽求或叙經典或明政術雖標論名歸乎諸子何者博明萬事爲子適辨一理爲論彼皆蔓延雜說故入諸子之流夫自六國以前去聖未遠故能越世

高談自開戶牖兩漢以後體勢浸弱雖明乎坦途而類多依採此遠近之漸變也嗟夫身與時舛志共道申標心於萬古之上而送懷於千載之下金石靡矣聲其銷乎

贊曰

丈夫處世懷寶挺秀辨雕萬物智周宇宙立德何隱含道必授條流殊述若有區囿 校十四字

漢書藝文志伊尹五十一篇力牧二十二篇註六國時所作託之力牧力牧黃帝時相高氏子畧魏相奏記霍光曰文王見鬻子年九十餘文王曰噫老矣鬻子曰君若使臣捕

武遂齊臣巳老矣使坐策國事臣年尚少文
王善之
史記老子姓李氏名耳字伯陽楚苦縣人孔
子適周問禮於老子謂弟子曰老子其猶龍
耶老子見周之衰遂去至關關令尹喜曰子
將隱矣强爲我著書乃著書上下篇言道德
之意五千餘言
史記莊子蒙人名周嘗爲漆園吏著書十餘
萬言
史記墨翟宋大夫善守禦爲節用藝文志墨
子七十一篇
劉向別錄尹文子學本莊老其書自道以至
名自名以至法以名爲根以法爲柄凡二卷
僅五千言
漢書藝文志野老十七篇應劭註年老而居
田野相民之耕種故號野老
史記齊有三騶子而騶衍者深觀陰陽消息
而作怪迂之變終始大聖之篇十餘萬言

史記申不害京人相韓昭侯學本黄老而主
刑名著書二篇
史記商君名鞅爲秦孝公左庶長巳而相秦
後爲公子虔之徒所告車裂以殉著書二十
九篇
史記蘇秦習之於鬼谷先生徐廣註潁川陽
城有鬼谷蓋是其人所居因以爲號
劉向別錄楚有尸子疑其在蜀今案尸子書
晉人名佼秦相衛鞅客鞅誅佼恐逃入蜀著
書二十篇
漢書藝文志靑史子五十七篇註古史官記
事之書小說家也
漢書成帝使謁者陳農求遺書於天下詔光
祿大夫劉向等校之向卒哀帝復使歆卒父
業歆總羣書奏爲七畧輯畧六藝畧諸子畧
詩賦畧兵書畧術數畧方伎畧
史記荀卿推儒墨道德之行事興壞著書數
萬言

列子湯問江浦之𧌒名曰焦螟羣飛而集於
蚊睫弗相觸也
莊子有國於蝸之左角者曰觸氏國於蝸之
右角者曰蠻氏時相與爭地而戰伏尸數萬
逐北旬有五日而後反
列子湯問太形王屋二山方七百里愚公懲
出入之迂也聚室而謀移之又海中之山曰
方丈蓬萊瀛洲負嶠岱輿龍伯之國有大人
舉足不盈數步而暨五山之所
淮南天文訓昔者共工與顓頊爭爲帝怒而
觸不周之山天柱折地維傾
帝王世紀夏人因黃帝易曰歸藏皇甫謐云
歸藏易以純坤爲首坤爲地萬物莫不歸而
藏於其中故曰歸藏
歸藏易坤開筮云帝堯降二女以舜妃又羿
彈十日又昔常娥以西王母不死之藥服之
遂奔月爲月精
商子弱民第二十農商官三者國之常食官

也農闢地商致物官法民三官生蝨六曰歲
曰食曰美曰好曰志曰行六者有樸必削
史記韓非者韓之諸公子秦攻韓韓遣非使
秦李斯害之下吏治非使人遺非藥使自殺
非五蠹篇學者言古者帶劍者近御者及商
工之民此五者浮言亂政邦之蠹也
史記荀卿傳趙亦有公孫龍爲堅白同異之
辨
漢書東平王宇宣帝之子成帝時來朝上書
求諸子及太史公書大將軍王鳳以諸子書
或反經術或明鬼神太史公書有戰國縱橫
之謀不許
史記管仲夷吾者潁上人爲齊相著書八十
六篇
史記晏嬰者萊之夷維人爲齊相著書七篇
載其行事及諫諍之言世號晏子春秋
漢書藝文志列子八篇註名禦寇先莊子莊
子稱之隨巢子六篇註墨翟弟子尉繚子三

十一篇馬總云尉姓繚名首篇稱梁惠王問蓋魏人鶡冠子一篇註楚人居深山以鶡爲冠文子九篇晁補之云文子姓辛號計然受業老子

史記愼到趙人著十二論

漢書淮南王劉安招致賓客方術之士作爲内書二十一篇外書甚衆

史記高帝謂陸賈曰試爲我著秦所以失天下吾所以得之者及古成敗之國賈凡著十二篇每奏一篇帝未嘗不稱善左右呼萬歲稱其書曰新語

漢書藝文志賈誼新書八卷

漢書楊雄見諸子各以其知舛馳雖小辨終破大道故人時有問雄者常用法應之譔以爲十三卷象論語號曰法言

漢書劉向校秘書採古今紀傳行事之跡正辭美義可爲勸戒者以類相從爲說苑二十卷

後漢書王符字節信安定人耿介忤俗隱居著書以譏當時失得不欲顯其名故號潛夫

後漢書崔寔字子眞瑗之子也桓帝初爲郎明於政體論當世便事數十條名曰政論

後漢書仲長統字公理山陽高平人叅丞相曹操軍事每論說古今及時俗行事恒發憤歎息因著論名曰昌言

晉書杜夷字行齊廬江人懷帝時舉方正著幽求子二十篇

論說第十八

聖世彝訓曰經述經叙理曰論論者倫也倫理有無聖意不墜昔仲尼微言門人追記故仰其經目稱爲論語蓋羣論立名始於兹矣自論語已前經無論字六韜二論後人追題乎詳觀論體條流多品陳政則與議說合契釋經則與傳注參體辨史則與贊評齊行銓文則與叙引共紀故議者宜言說者說語傳者轉師注者主解贊者明意評者平理序者次事引者胤辭八名

區分一揆宗論論也者彌綸羣言而研一理者也是以莊周齊物以論爲名不韋春秋六論昭列至石渠論藝白虎通講聚述聖言□□通經論家之正體也及班彪王命嚴尤三將敷述昭情善入史體魏之初霸術兼名法傅嘏王粲校練名理迄至正始務欲守文何晏之徒始盛玄論於是聃周當路與尼父爭塗矣詳觀蘭石之才性仲宣之去伐叔夜之辨聲太初之本玄輔嗣之兩例平叔之二論並師心獨見鋒穎精密

蓋人倫之英也至如李康運命同論衡而過之陸機辨亡效過秦而不及然其美矣次及宋岱郭象銳思於機神之區夷甫裴頠交辨於有無之域並獨步當時流聲後代然滯有者全繫於形用貴無者專守於寂寥徒銳偏解莫詣正理動極神源其般若之絕境乎逮江左羣談惟玄是務雖有日新而多抽前緒矣至如張衡譏世韻似俳說孔融孝廉但談嘲戲曹植辨道體同書抄才不持論寧如其已原夫論之為體所以辨正然否窮有數追無形迹堅求通鉤深取極乃百慮之筌蹄萬事之權衡也故其義貴圓通辭忌枝碎必使心與理合彌縫莫見其隙辭共心密敵人不知所乘斯其要也是以論如析薪貴能破理斤利者越理而橫斷辭辨者反義而取通覽文雖巧而檢跡如妄唯君子能通天下之志安可以曲論哉若夫注釋為詞解散論體襍文雖異總會是同若秦延君之注堯典十餘萬字朱普之解尚書三十萬言所以通人惡煩

差學章句若毛公之訓詩安國之傳書鄭君之釋禮王弼之解易要約明暢可謂式矣說者悅也兊爲口舌故言資悅懌過悅必僞故舜驚讒說說之善者伊尹以論味隆殷太公以辨釣興周及燭武行而紓鄭端木出而存魯亦其美也曁戰國爭雄辨士雲踊從横參謀長短角勢轉丸騁其巧辭飛鉗伏其精術一人之辨重於九鼎之寶三寸之舌強於百萬之師六印磊落以佩五都隱賑而封至漢定秦楚辨士弭節酈君旣斃於齊鑊蒯子幾入乎漢鼎雖復陸賈籍甚張釋傅會杜欽文辨婁護脣舌頡頏萬乘之階抵噓公卿之席並順風以託勢莫能逆波而泝洄矣夫說貴撫會弛張相隨不專緩頰亦在刀筆范雎之言事李斯之止逐客並煩情入機動言中務雖批逆鱗而功成計合此上書之善說也至於鄒陽之說吳梁喻巧而理至故雖危而無咎矣敬通之說鮑鄧事緩而文繁所以歷聘而罕遇也凡說之樞要必使時利而義貞進有契於

成務退無阻於榮身自非譎敵則唯忠與信披肝膽以獻主飛文敏以濟辭此說之本也而陸氏直稱說煒曄以譎誑何哉

贊曰

理形於言叙理成論詞深人天致遠方寸陰陽莫貳鬼神靡遯說爾飛鉗呼吸沮勸 校十四字

六韜霸典文論文師武論

莊子內篇齊物論

呂氏春秋開春愼行貴直不苟以順士容六論

後漢書翟酺傳孝宣論六經於石渠註甘露三年詔諸儒講五經兼平公羊穀梁同異上親臨央焉時更崇穀梁故言六經

後漢書章帝建初四年詔諸王諸儒會白虎觀講議五經同異帝親臨稱制如石渠故事命史臣著爲白虎通德論

後漢書隗囂據隴蜀問班彪曰往者周末戰國并爭天下分裂意者縱横之事復起於今乎彪乃作王命論以明神器不可妄覬以諷之

漢書王莽傳大司馬嚴尤非莽攻伐四夷數諫不從乃著古名將樂毅白起不用之意及言邊事凡三篇以風諫莽通志嚴尤三將軍論一卷

魏志傅嘏字蘭石北地人以平毋丘儉功封陽鄉侯常論才性異同鍾會集而論之

通志王粲去伐論三卷

嵇中散集聲無哀樂論以殊方異俗歌哭不同使錯而用之或聞哭而歡或聞歌而慼斯非音聲之無常者乎

魏志夏侯玄字太初譙郡人累遷散騎常侍
通志湛新論十卷
魏志鍾會與山陽王弼並知名弼字輔嗣爲
尚書郎注周易老子又著易畧例老子畧例
世說何平叔註老子未畢見王弼自說其旨
何意多所短遂不復註因作道德二論
魏氏春秋李康字蕭遠中山人文選康運命
論
後漢書王充字仲任上虞人著論衡中有命
祿篇又命義篇故劉孝標辨命論云仲任蔽
其源子長闡其惑
晉書陸機年二十而吳滅以祖父世爲吳將
相有大勳於江表深慨孫皓舉而棄之乃論
權所以得皓所以亡又欲述其祖父功業作
辨亡論二篇
文選賈誼過秦論
通志晉荆州刺史宋岱通易論一卷玉海云
郭象注

晉書郭象字子玄河内人東海王越引爲太
傅主簿初向秀注莊子大暢玄風秀卒子幼
象遂竊爲已注
晉書王衍字夷甫琅邪人蚤知名以清虚通
理稱歷官太尉
晉書裴頠字逸民河東聞喜人善言名理歷
官侍中
晉諸公贊自魏太常夏侯玄等皆著道德論
後進庾敳之徒希慕簡曠裴成公疾世俗尚
虚無之理作崇有二論以折之時人莫能難
惟夷甫來理如小屈時人卽以王理難裴理
還復申
曹子建集辨道論大畧以左慈郄儉方士之
徒奸詭欺衆言不足信也
漢書儒林傳小夏侯之書張山拊以授秦恭
恭字延君增師法至百萬言桓譚新論秦延
君但說粤若稽古卽三萬言
漢書儒林傳歐陽章句平當授朱普爲博士

桓榮受朱普章句四十萬言
漢書毛公趙人治詩爲河間獻王博士
漢書孔氏有古文尚書孔安國以今文字讀
之起家爲漢武帝博士
後漢書鄭玄字康成北海人徵爲大司農以
病自免玄注周易尚書等凡百餘萬言
易係辭兌爲口兌彖曰兌說也
書舜典帝曰龍朕堲讒說殄行震驚朕師命
汝作納言夙夜出納朕命惟允
呂氏春秋伊尹說湯以至味曰凡味之本水
最爲始火之爲紀時疾時徐滅腥去臊除羶
必以其勝無失其理
呂氏春秋品尚坐茅以漁文王勞而問取尚
曰魚求於餌乃牽其緡人食於祿乃服于君
以餌取魚魚以祿取人以小釣釣川而擒其魚
以中釣釣國而擒其萬國諸侯
春秋左傳秦晉圍鄭燭之武夜縋而出見秦
伯曰越國以鄙遠君知其難也焉用亡鄭以
倍鄰鄰之厚君之薄也秦伯說與鄭盟而退
晉亦去之

史記田常欲作亂而憚高國鮑晏故移其兵
伐魯子貢說曰不如伐吳伐吳不勝民人外
死大臣內空孤主制齊者惟君也田常曰善
莊子徐無鬼市南宜僚弄丸而兩家之難解
鬼谷子書飛鉗篇謂語飛而鉗以待之
史記毛遂與平原君定從而歸至趙平原君
曰毛先生一至楚而使趙重于九鼎大呂毛
先生以三寸之舌強于百萬之師
史記蘇秦爲從約長并相六國嘆曰使我有
洛陽負郭田二頃吾豈能佩六國相印乎
史記酈食其者高陽人事漢高爲廣野君說
齊下七十餘城已而韓信襲齊齊文心雕龍酈
生賣已遂烹之
史記淮陰侯臨刑嘆曰悔不用蒯通之計乃
爲兒女子所詐豈非天哉高祖曰是齊辯士
也召欲烹之通曰秦失其鹿天下共逐之欲

爲陛下所爲者甚衆頑力不能耳又可盡亨𤇾
之耶乃置之
漢書陸賈游漢廷公卿間名聲藉甚
漢書杜欽字子夏延年少子也官議郎以病
免徵詣大將軍幕府國家政謀王鳳常與欽
慮之
漢書婁護字君卿精辯論議與谷子雲俱爲
五侯上客長安號曰谷子雲筆札婁君卿唇
舌
史記范雎魏人字叔從王稽入秦以穰侯越
韓魏而伐齊乃上書曰臣聞善厚家者取之
于國善厚國者取之于諸侯天下有明主則
諸侯不得擅厚者何也爲其割榮也卒逐穰
侯爲秦相
史記李斯上蔡人入秦拜客卿會鄭國以作
渠事覺大臣請一切逐客斯亦在逐中乃上
書請除逐客之令
史記鄒陽齊人初事吳王濞王有逆謀陽奏
書諫不欲指斥故先借秦爲喻因道胡越齊
楚之難然後乃致其意吳王不聽去遊梁羊
勝公孫詭疾陽惡之於王下獄將殺之陽從
獄中上書書奏立出之
後漢書初王莽遣廉丹討伐山東辟馮衍爲
掾衍因說曰將軍之先爲漢信臣新室之興
英俊不附今海內潰亂人懷漢德願明公深
計而無與俗同丹不能從
文選陸機文賦奏平徹以閑雅說煒爗以譎
誑

詔策第十九

皇帝御寓其言也神淵嘿黼扆而響盈四表唯詔策乎昔軒轅唐虞同稱爲命命之爲義制性之本也其在三代事兼誥誓誓以訓戎誥以敷政命喻自天故授管錫胤易之姤象后以施命誥四方誥命動民若天下之有風矣降及七國並稱曰令令者使也秦幷天下改命曰制漢初定儀則命有四品一曰策書二曰制書三曰詔書四曰戒敕敕戒州邦詔誥百官制施赦命策

封王侯策者簡也制者裁也詔者告也敕者正也詩云畏此簡書易稱君子以制數度禮稱明君之詔書稱敕天之命並本經典以立名目遠詔近命習秦制也記稱絲綸所以應接羣后虞重納言周貴喉舌故兩漢詔誥職在尚書王言之大動入史策其出如綍不反若汗是以淮南有英才武帝使相如視草隴右多文士光武加意於書辭豈直取美當時亦敬慎來葉矣觀文景以前詔體浮新武帝崇儒選言弘奧策封三

王文同訓典觀戒淵雅垂範後代及制詔嚴助
即云厭承明廬蓋寵才之恩也孝宣璽書責博
士陳遂亦故舊之厚也逮光武撥亂留意斯文
而造次喜怒時或偏濫詔賜鄧禹稱司徒爲堯
敕責侯霸稱黃鉞一下若斯之類實乖憲章暨
明帝崇學惟詔間出安和政弛禮閣鮮才每爲
詔敕假手外請建安之末文理代興潘勗九錫
典雅逸羣衛凱禪誥符命炳燿弗可加也自魏
晉誥策職在中書劉放張華牙管斯任施命發

號洋洋盈耳魏文下詔辭義多偉至於作威作
福其萬慮之一弊乎晉氏中興唯明帝崇才以
溫嶠文清故□□中書自斯以後體憲風流矣
夫王言崇祕大觀在上所以百辟其形萬邦作
孚故授官選賢則義炳重離之輝優文封策則
氣含風雨之潤敕戒恒誥則筆吐星漢之華治
戎燮伐則聲有洊雷之威眚災肆赦則文有春
露之滋明罰敕法則辭有秋霜之烈此詔策之
大畧也戒敕爲文實詔之切者周穆命郊父受

敕憲此其事也魏武稱作敕戒當指事而語勿得依違曉治要矣及晉武敕戒備告百官敕都督以兵要戒州牧以董司警郡守以恤隱勒牙門以禦衛有訓典焉戒者愼也禹稱戒之用休君父至尊在三同極漢高祖之敕太子東方朔之戒子亦顧命之作也及馬援已下各貽家戒班姬女戒足稱母師也教者效也言出而民效也契敷五教故王侯稱教昔鄭弘之守南陽條教爲後所述乃事緒明也孔融之守北海文教麗而罕於理乃治體乖也若諸葛孔明之詳約庾稚恭之明斷並理得而辭中教之善也自教以下則又有命詩云有命在天明爲重也周禮曰師氏詔王爲輕命今詔重而命輕者古今之變也

贊曰

皇王施令寅嚴宗誥我有絲言兆民尹好輝音峻舉鴻風遠蹈騰義飛辭渙其大號　校七字

·書胤征惟仲康肇位四海胤侯命掌六師羲和廢厥職酒荒于厥邑胤侯承王命徂征

易天下有風姤后以施命誥四方
詩出車豈不懷歸畏此簡書
書帝庸作歌曰敕天之命惟時惟幾
易澤上有水節君子以制數度議德行
禮記王言如絲其出如綸王言如綸其出如
綍
漢官儀尚書唐虞官也龍作納言詩云惟仲
山甫王之喉舌秦改稱尚書漢亦尊此官典
機密也
易渙九五渙汗其大號渙王居無咎
史記武帝以淮南王安善爲文辭每爲報書
使相如等視草乃遣
後漢書隗囂賓客掾史多文學生每所上事
當世士大夫皆諷誦之故帝有所辭答尤加
意焉
史記武帝元狩六年廟立皇子閎爲齊王旦
爲燕王胥爲廣陵王初作誥司馬遷贊云天
子恭讓羣臣守義文辭爛然甚可觀也

漢書嚴助會稽吳人嚴夫子子也或言族子
也以對策擢中大夫出爲會稽太守武帝賜
書曰制詔會稽太守君厭承明之廬勞侍從
之事出爲郡吏間者濶焉久不聞問具以春
秋對
漢書陳遵傳遵祖父遂宣帝微時與有故相
隨博奕數負進及帝即位遂稍遷至太原太
守乃賜遂璽書曰制詔太原太守官尊祿厚
可以償博進矣
後漢書光武以關中未定而鄧禹久不進兵
敕曰司徒堯也亡賊桀也當以時進討鎮慰
西京係百姓之心
後漢書司徒侯霸薦前梁令閻楊楊素有譏
議帝常嫌之既見霸奏大怒賜霸璽書曰崇
山幽都何可偶黃鉞一下無處所欲以身試
法耶
後漢書明帝諱莊光武第四子在位十八年
後漢書和帝諱肇章帝之子在位十七年

後漢書安帝諱祜清河王慶之子殤帝崩鄧
太后立之在位十九年
魏志潘勗字元茂中牟人歷官尚書右丞
魏志獻帝建安十八年使御史大夫郗慮持
節策命曹操爲魏公加九錫策文潘勗之辭
也
魏志衛凱字伯儒河東人魏國建拜侍中文
帝從爲尚書凱勸贊禪代之義爲文誥之詔
魏志劉放字子棄涿郡人與太原孫資俱爲
秘書郎放善書檄三祖詔命多放所爲
晉書明帝諱紹元帝太子在位三年帝欽賢
好客雅愛文辭當時名臣自王導庾亮等咸
見親待
穆天子傳丙寅天子敎器乃命正公郊父受
勅憲用伸□八駿之乘以飲於枝涛之中
書大禹謨戒之用休董之用威
古文苑載漢高帝敕太子云吾遭亂世當秦
禁學自喜謂讀書無益洎踐阼以來時方省

書乃使人知作者之意追思昔所行多不是
又汝見蕭曹張陳諸公與吾同時人皆拜之
漢書東方朔贊朔戒其子以尚容曰首陽爲
拙柱下爲工依隱玩世詭時不逢
後漢書馬援戒兄子嚴敦曰吾欲汝曹聞人
過失如聞父母之名耳可得聞口不可得言
也好論議人長短妄是非正法此吾所大惡
汝曹知吾惡之甚矣所以復言者施衿結褵
申父母之誡欲使汝曹不忘之耳
後漢書扶風曹世叔妻同郡班彪之女也名
昭博學高才著女戒七篇
漢書鄭弘字穉卿太山剛人爲南陽太守條
教法度爲後所述
司馬彪九州春秋孔融守北海教令辭氣溫
雅可玩而誦論事考實難可施行
晉書庾翼字稚恭潁川人歷位南郡太守

檄移第二十

震雷始於曜電出師先乎威聲故觀電而懼雷壯聽聲而懼兵威兵先乎聲其來巳久昔有虞始戒於國夏后初誓於軍殷誓軍門之外周將交刃而誓之故知帝世戒兵三王誓師宣訓我衆未及敵人也至周穆西征祭公謀父稱古有威讓之令有文告之辭卽檄之本源也及春秋征伐自諸侯出懼敵弗服故兵出須名振此威風暴彼昏亂劉獻公之所謂告之以文辭董之

以師武者也齊桓征楚告菁茅之闕晉厲伐秦責箕郜之焚管仲呂相奉辭先路詳其意義卽今之檄文暨乎戰國始稱爲檄檄者皦也宣露於外皦然明白也張儀檄楚書以尺二明白之文或稱露布播諸視聽也夫兵以定亂莫敢自專天子親戎則稱龔行天罰諸侯御師則云肅將王誅故分閫推轂奉辭伐罪非唯致果爲毅亦厲辭爲武使聲如衝風所擊氣似欃槍所埽奮其武怒總其罪人徵其惡稔之時顯其貫盈

之數搖姦宄之膽訂信慎之心使百尺之衝摧
折於咫書萬雉之城顛墜於一檄者也觀隗囂
之檄亡新有其三逆文不雕飾而辭切事明隴
右文士得檄之體矣陳琳之檄壯有骨鯁雖姦
閹携養章密太甚發丘摸金誣過其虐然抗辭
書釁皦然露□固矣敢指曹公之鋒幸哉免袁
黨之戮也鍾會檄蜀徵驗甚明桓公檄胡觀釁
尤切並壯筆也凡檄之大體或述此休明或敘
彼苛虐指天時審人事筭強弱角權勢標蓍龜

於前驗懸鞶鑑於已然雖本國信實參兵詐譎
詭以馳旨煒燁以騰說凡此衆條莫或違之者
也故其植義颺辭務在剛健挿羽以示迅不可
使辭緩露板以宣衆不可使義隱必事昭而理
辨氣盛而辭斷此其要也若曲趣密巧無所取
才矣又州郡徵吏亦稱爲檄固明舉之義也移
者易也移風易俗令往而民隨者也相如之難
蜀老文曉而喻博有移檄之骨焉及劉歆之移
太常辭剛而義辨文移之首也陸機之移百官

言約而事顯武移之要者也故檄移爲用事兼
文武其在金革則逆黨用檄順命資移所以洗
濯民心堅用符契意用小異而體義大同與檄
參伍故不重論也

贊曰

三驅弛綱九伐先話鞶鑑吉凶著龜成敗摧壓
鯨鯢抵落蜂蠆移寶易俗草偃風邁 校五字 四卷共校五十七字

司馬法有虞氏戒于國中欲民體其命也夏
后氏誓于軍中欲民先成其慮也殷誓于軍
門之外欲民先意以待事也周將交刃而誓
之以致民志也

國語周穆王將征犬戎祭公謀父諫曰先王
耀德不觀兵故有威讓之命有文告之辭

春秋左傳晉侯使叔向告劉獻公曰抑齊人
不盟若之何對曰盟以底信君苟有信諸侯
不二何患焉告之以文辭董之以武師雖齊
不許君庸多矣

春秋左傳齊侯以諸侯之師伐楚曰爾貢包
茅不入王祭不共無以縮酒寡人是徵

春秋左傳晉侯使呂相絕秦曰入我河縣焚
我箕郜我是以有輔氏之聚

史記張儀嘗從楚相飲相亡璧意儀盜之掠
笞數百及儀相秦爲檄告楚相曰吾從汝飲
不盜汝璧善守汝國吾且盜汝城

後漢書隗囂字季孟天水成紀人與隗崔等
舉兵移檄郡國曰王莽慢侮天地悖道逆理
下三萬六千歲之歷是其逆天之大罪也發
冢河東攻劫丘壟是其逆地之大罪也行炮
烙之刑除順時之法是其逆人之大罪也

文選袁紹伐許陳琳爲紹檄豫州曰司空曹操祖父中常侍騰與左悺徐璜並作妖孽父嵩乞匄携養因贓假位又特置發丘中郎將摸金校尉所過隳突無骸不露魏志紹敗琳歸太祖太祖謂曰卿昔爲本初移書但可罪狀孤而已惡惡止其身何乃上及父祖耶琳謝罪太祖愛其才而不咎

魏志鍾會字士季繇之少子也景元四年伐蜀檄曰蜀侯見禽于秦公孫授首于漢此皆諸公所備聞也明者見危于無形智者規福于未萌豈晏安鴆毒懷祿而不變哉

藝文類聚桓溫北伐檄石勒曰胡賊石勒暴肆華夏脅民塗炭至使六合殊風九㝢乖越寡人不德忝荷戎重先順者獲賞後伏者蒙誅此之風範想所聞也

漢書司馬相如爲中郎將使蜀蜀長老多言通西南夷之不爲國用相如業已建之不敢諫乃假蜀父老爲辭而以巳意難之

漢書劉歆欲立左氏春秋及毛詩逸禮古文尚書皆例于學官哀帝令歆與五經博士講論其義諸博士或不肯置對歆因移書太常責讓之

文心雕龍訓故卷之四終

羌都周　綱寫

封禪第二十一

夫正位北辰嚮明南面所以運天樞毓黎獻者何嘗不經道緯德以勒皇蹟者哉綠圖曰潬潬嘕嘕棼棼雉雉萬物盡化言至德所被也丹書曰義勝欲則從欲勝義則凶戒慎之至也則戒慎以崇其德至德以凝其化七十有二君所以封禪矣昔黃帝神靈克膺鴻瑞勒功喬岳鑄鼎荊山大舜巡岳顯乎虞典成康封禪聞之樂緯

及齊桓之霸爰窺王跡夷吾譎陳距以怪物固知玉牒金鏤專在帝皇也然則西鶼東鰈南茅北黍空談非徵勳德而已是以史遷八書明述封禪者固禋祀之殊禮銘號之祕祀□天之壯觀矣始皇銘岱文自李斯法家辭氣體乏弘潤然疏而能壯亦彼時之絕采也鋪觀兩漢隆盛孝武禪號於肅然光武巡封於梁父誦德銘勳乃鴻筆耳觀相如封禪蔚為唱首爾其表權輿序皇王炳玄符鏡鴻業驅前古於當今之下騰

休明於列聖之上歌之以禎瑞讚之以介丘絕筆茲文固惟新之作也及光武勒碑則文字張純首徵典謨末同祝辭引鈎讖叙離分計武功述文德事覈理舉華不足而實有餘矣凡此二家並岱宗實跡也及揚雄劇秦班固典引事非鐫石而體因紀禪觀劇秦爲文影寫長卿詭言遯辭故兼包神怪然骨掣靡密辭貫圓通自稱極思無遺力矣典引所叙雅有懿乎歷鑒前作能執厥中其致義會文斐然餘巧故稱封禪麗

而不典劇秦典而不實豈非追觀易爲明循勢易爲力歟至於邯鄲受命攀響前聲風末力寡輯韻成頌雖文理頗序而不能奮飛陳思魏德假論客主問答迂緩且已千言勞深勣寡飈燄缺焉茲文爲用蓋一代之典章也搆位之始宜明大體樹骨於訓典之區選言於宏富之路使意古而不晦於深文今而不墜於淺義吐光芒辭成廉鍔則爲偉矣雖復道極數殫終然相襲而日新其來者必超前轍焉

贊曰

封勒帝勣對越天休逖聽高岳聲英克彪樹石九旻泥金八幽鴻律蟠采如龍如虬　校六字

史記管仲曰古之封泰山禪梁父者七十二家夷吾所記者十有二焉

史記公孫卿謂武帝曰昔黄帝采首山銅鑄鼎于荆山之下鼎成有龍垂胡髯下迎黄帝

書舜典歲二月東巡狩至于岱宗

續漢書祭祀志封禪檢用金鏤五周以水銀和金以爲泥玉璽一方寸二分玉檢方五寸

史記齊桓公欲封禪管仲曰古之封禪者鄗上之黍北里之禾所以爲盛江淮之間一茅三脊所以爲藉東海致比目之魚西海致比翼之鳥然後物有不召而自至者十有五焉

韋昭注比目魚名鰈比翼鳥名鶼鶼

史記始皇上泰山禪梁父刻所立石其辭曰皇帝臨位作制明法臣下脩飭二十有六年初幷天下罔不賓服云云

史記武帝元封元年四月癸卯上還登封泰山又禪泰山下趾東北肅然山

漢書司馬長卿病武帝使所忠往求其書及至已卒其妻曰長卿未死時爲一卷書曰有使來求書奏之其遺札言封禪事也

通鑑光武中元元年上讀河圖會昌符曰赤劉之九會命岱宗上感此文乃詔梁松等按索河雒讖文言九世當封禪者三十六事于是張純等復奏請封禪上乃許焉登山以祭

親封玉牒檢

祭祀志光武封泰山刻石碑文是月辛卯柴祭封泰山甲午禪于梁陰以承靈瑞以爲兆民永茲一宇垂于後昆百僚從臣郡守師尹咸蒙祉福永永無極

後漢書張純字伯仁京兆杜陵人建武二十

年純奏上宜封禪中元元年帝乃東巡以純視御史大夫從并上元封舊儀及刻石文

文選揚雄劇秦美新序云司馬相如作封禪文以彰漢氏之休臣敢竭肝膽寫腹心作劇秦美新一篇雖未究萬分之一亦臣之極思也

文選班固典引序伏惟相如封禪靡而不典揚雄美新典而無實然皆游揚後世垂為舊式臣固才朽不及前人竊作典引一篇光揚大漢軼聲前伏云爾

魏書漢帝使行御史大夫張音持節奉璽綬禪于魏邯鄲淳乃著大魏受命述以頌丕之德文見古文苑

曹子建集魏德論末云固將封泰山禪梁甫歷名山以祈福圖五方之靈宇越八九于往素躔帝王之靈矩

章表第二十二

夫設官分職高卑聯事天子垂珠以聽諸侯鳴玉以朝敷奏以言明試以功故堯咨四岳舜命八元固辭再讓之請俞往欽哉之授並陳辭帝庭匪假書翰然則敷奏以言則章表之義也明試以功即授爵之典也至太甲既立伊尹書誡思庸歸亳又作書以讚文翰獻替事斯見矣周監二代文理彌盛再拜稽首對揚休命承文受冊敢當丕顯雖言筆未分而陳謝可見降及七

國未變古式言事於王皆稱上書秦初定制改書曰奏漢定禮儀則有四品一曰章二曰奏三曰表四曰議章以謝恩奏以按劾表以陳請議以執異章者明也詩云爲章于天謂文明也其在文物赤白曰章表者標也禮有表記言德見儀其在器式揆景曰表章表之目蓋取諸此也按七畧藝文謠詠必錄章表奏議經國之樞機然闕而不纂者乃各有故事而在職司也前漢表謝遺篇寡存及後漢察舉必試章奏左雄奏

議臺閣爲式胡廣章奏天下第一並當時之傑筆也觀伯始謁陵之章足見其典文之美焉昔晉文受冊三辭從命是以漢末讓表以三爲斷曹公稱爲表不止三讓又勿得浮華所以魏初表章指事造實求其靡麗則未足美矣至於文舉之薦禰衡氣揚采飛孔明之辭後主志盡文暢雖華實異旨並表之英也琳瑀章表有譽當時孔璋稱健則其標也陳思之表獨冠群才觀其體贍而律調辭清而志顯應物製巧隨變生趣執轡有餘故能緩急應節逮晉初筆札則張華爲儁其三讓公封理周辭要引義比事必得其偶世珍鷦鷯莫顧章表及羊公之辭開府有譽於前談庾公之讓中書信美於往載序志顯類有文雅焉劉琨勸進張駿自序文致耿介並陳事之美表也原夫章表之爲用也所以對揚王庭昭明心曲旣其身文且亦國華章以造闕風矩應明表以致禁骨采宜耀循名課實以爲本者也是以章式炳賁志在典謨使要而非略

明而不淺表體多包情僞屢遷必雅義以扇其
風清文以馳其麗然懇惻者辭爲心使浮侈者
情爲文使繁約得正華實相勝脣吻不滯則中
律矣子貢云心以制之言以結之蓋一辭意也
荀卿以爲觀人美辭麗以黼黻文章亦可以喻
於斯乎

贊曰

敷奏絳闕獻替黼扆言必貞明義則弘偉肅恭
節文條理首尾君子秉文辭令有斐

校九字

書帝曰咨四岳湯湯洪水方割蕩蕩懷山襄
陵
書伯拜稽首讓于夔龍帝曰俞往欽哉
書太甲元年伊尹作伊訓太甲放桐三年復
歸于亳思庸伊尹作太甲三篇
詩倬彼雲漢爲章於天
禮記表記篇記君子之德見于儀表者
後漢書左雄字伯豪南郡人歷位尚書令雄
掌納言多所匡肅章表奏議臺閣以爲故事
後漢書胡廣字伯始南郡人舉孝廉試章奏
爲天下第一
春秋左傳晉文公城濮之役作王宮于踐土
王命內史叔興命晉侯爲侯伯曰王謂叔父
敬服王命以綏四國糾逖王慝晉侯三辭從
命曰重耳敢再拜稽首奉揚天子之丕顯休
命受策以出
魏畧孔融薦禰衡表竊見處士平原禰衡淑
質貞亮英才卓躒任座抗行史魚厲節殆無

以過也
蜀志後主建興五年諸葛亮率軍北駐漢中臨發上疏曰今南方已定當獎帥三軍北定中原興復漢室還于舊都此臣之所以報先帝而忠陛下之職分也
文選文帝與吳質書孔璋章表殊健微為煩
富
文選曹植求自試表求通親親表
晉書張華初封廣武侯後加封郡公華十餘讓中部敦譬乃受文選華鷦鷯賦
晉書羊祜字叔子泰山南城人武帝時加開府上表固讓曰臣身誤外戚事連運會患在過寵不患見遺而猥加非次之榮臣有何功可以堪之
晉書明帝即位以庾亮為中書亮上書讓曰陛下踐阼聖政維新而以臣領中書則示天下私矣何者臣于陛下后之兄也
晉書劉曜之亂西都不守元帝稱制江左劉琨令長史溫嶠奉表勸進曰自京畿隕喪九服崩離宣皇之胤惟有陛下即欲逡巡其若宗廟何
晉書西涼張駿遣參軍麴護上疏曰臣當命一方職在斧鉞勒雄既死人懷反至謂季龍李期之命會不崇朝而皆篡繼凶逆鴟目有年遂使桃虫鼓翼四海喧嘩此臣所以宵吟荒漠痛心長路者也

奏啓第二十三

昔唐虞之世臣一作敷奏以言秦漢之朝輔一作上書稱奏陳政事獻典儀上急變劾僣謬總謂之奏奏者進也敷于下情進於上也秦始立奏而法家少文觀王綰之奏勳德辭質而義近李斯之奏驪山事畧而意逕政無膏潤形於篇章矣自漢以來奏事或稱上疏儒雅繼踵殊采可觀若夫賈誼之務農鼂錯之兵事匡衡之定郊王吉之觀禮溫舒之緩獄谷永之諫仙理旣切至辭亦通明可謂識大體矣後漢群賢嘉言罔伏楊秉耿介於災異陳蕃憤懣於尺一骨鯁得焉張衡指摘於史職蔡邕銓列於朝儀博雅明焉魏代名臣文理迭興若高堂天文黃觀教學王朗節省甄毅考課亦盡節而知治矣晉氏多難災屯流移劉頌殷勤於時務溫嶠懇切於費役並體國之忠規矣夫奏之爲筆固以明允篤誠爲本辨析疏通爲首強志足以成務博見足以窮理酌古御今治繁總要此其體也若乃按劾

之奏所以明憲清國昔周之太僕繩愆糾繆秦之御史職主文法漢置中丞總司按劾故位在鷙擊砥礪其氣必使筆端振風簡上凝霜者也觀孔光之奏董賢則實其姦回路粹之奏孔融則誣其釁惡名儒之與險士固殊心焉若夫傅咸勁直而按辭堅深劉隗切正而劾文闊畧各其志也後之彈事迭相斟酌惟新日用而舊準弗差然函人欲全矢人欲傷術在糾惡勢必深峭詩刺讒人投畀豺虎禮疾無禮方之鸚猩墨

翟非儒目以豕彘孟軻譏墨比諸禽獸詩禮儒墨既其如茲奏劾嚴文孰云能免是以世人爲文競於詆訶吹毛取瑕次骨爲戾復似善罵多失折衷若能闢禮門以懸規標義路以植矩然後踰垣者折肱捷徑者滅趾何必躁言醜句詬病爲切哉是以立範運衡宜明體要必使理有典刑辭有風軌總法家之式秉儒家之文不畏彊禦氣流墨中無縱詭隨聲動簡外乃稱絕席之雄直方之舉耳啓者開也高宗云啓乃心沃

朕心取其義也孝景諱啓故兩漢無稱至魏國
箋記始云啓聞奏事之末或謹密啓自晋來盛
啓用兼表奏陳政言事旣奏之異條讓爵謝恩
亦表之別幹必歛轍入規促其音節辨要輕清
文而不侈亦啓之大畧也又表奏確切號爲讜
言讜者偏也王道有偏乖乎蕩蕩□□其偏故
曰讜言也孝成稱班伯之讜言貴直也自漢置
八儀密奏陰陽皂囊封板故曰封事晁錯受書
還上便宜後代便宜多附封事慎機密也夫王
臣匪躬必吐謇諤事舉人存故無待泛說也

贊曰

皂飭司直肅清風禁筆鋭干將墨含淳酖雖有
次骨無或膚浸獻政陳宜事必勝任

校十三字

史記始皇初定天下議帝號丞相綰等奏曰
昔者五帝地方千里其外侯服夷服諸侯或
朝或否天子不能制今陛下興義兵平定天
下海内爲郡縣法令由一統自上古以來未
嘗有五帝所不及也

蔡質漢儀李斯治驪山陵上書曰臣所將隸
徒七十二萬人治驪山者已深已極鑿之不
入燒之不爇叩之空空如下天狀

通鑑賈誼說上曰積貯者天下之大命也今
敺民而歸之農使天下各食其力末技游食

之民轉而緣南畝則蓄積足而人樂其所矣
漢書文帝時匈奴數寇邊上發兵禦之晁錯
上言兵事曰臣聞用兵臨戰合刃之急有三
一曰得地形二曰卒服習三曰器用利
漢書匡衡字稚圭東海承人成帝初即位丞
相衡等奏言帝王之事莫大乎承天之序承
天之序莫重于郊祀宜于長安定南北郊爲
萬世基帝從之
漢書王吉字子陽瑯琊人宣帝時起爲諫大
夫上疏曰安上治民莫善于禮願陛下與公
卿大臣及儒生述舊禮明王制驅一世之民
躋之仁壽之域惟陛下裁擇焉
漢書路温舒字長君鉅鹿人守廷尉史温舒
以自武帝以來法益煩苛宣帝即位乃上書
曰臣聞秦有十失其一尚存治獄之吏是也
惟陛下除誹謗以招切言省法制寬刑罰則
太平之風可興于世矣
漢書谷永字子雲長安人成帝無嗣時多言

祭祀方術者永上書曰臣聞明于天地之性
不可惑以神怪不遵五經之法言而盛稱奇
怪及言世有仙人服食不終之藥皆奸人惑
衆知係風捕影終不可得也
後漢書楊秉字叔節華陰人桓帝時遷侍中
時帝微行幸河南尹梁胤府舍是日大風拔
樹晝昬秉上疏曰王者至尊出入有常况以
先王法服而私出盤遊設有非常之變上負
先帝下悔靡及
後漢書陳蕃字仲舉汝南平輿人歷官光祿
勳時封賞踰制蕃上疏切諫謂採求失得擇
從忠善尺一選舉委之尚書三公
後漢書張衡條上遷固所叙與典籍不合者
十餘事又言王莽不宜編年更始宜爲立號
請收檢遺文畢力補綴上不聽
魏志高堂隆字升平泰山平陽人青龍中領
太史令
魏志王朗節省奏云昔大西京雲陽汾陰之

祭牛則三千其重王則七千其器文綺以饋
重席童女以蹈舞綴豈割奢務儉之政除煩
崇省之令哉
晉書劉頌字子雅廣陵人除淮南相在郡上
疏言封國之制宜如古典及六州將士之役
凡數千言詔襃美之
晉書明帝爲太子起西池樓觀頗爲勞費溫
嶠上書切諫以朝廷草創巨寇未滅宜儉以
率下太子納焉
書周穆王命伯冏爲大僕正作冏命曰惟余
一人無良實賴左右前後有位之士繩愆糾
謬格其非心今予命汝作大正正于群僕侍
御之臣愼簡乃僚無以巧言令色便辟側媚
其惟吉士
通典御史之名周官有之蓋主贊書而授法
令非今任也至秦漢乃爲糾察之任
通典初漢御史大夫有兩丞一曰御史丞一
曰中丞受公卿奏事舉劾案章蓋居殿中察

舉非法也與尚書令司隸校尉皆專席而坐
自皇太子以下無所不糺
漢書哀帝崩王莽以太后旨使尚書劾董賢
賢自殺莽復風孔光奏之曰賢質性巧佞翼
奸以獲封侯治第造家不異王制死後復以
砂畫棺至尊無以加臣請發入財物縣官
典畧孔融有過太祖使路粹爲奏誣其昔在
北海見王室不寧欲圖不軌言我大聖之後
也有天下者何必卯金刀云云融坐誅
晉書傅咸字長虞玄之子遷中丞奏劾步府
夏侯陵遷司隸奏劾王戎風格峻整按劾驚
人
晉書劉隗爲丞相司直奏免護軍將軍戴若
思又以梁龕奏伎奏彈周顗諸人史贊其亮
直
詩巷伯取彼譖人投畀豺虎
禮記鸚鵡能言不離飛鳥猩猩能言不離走
獸今人而無禮雖能言不亦禽獸之心乎

通典司隷周官也漢武帝置司隷校尉主察
舉百官端門外坐在諸卿上絕席入殿按本
品秩不絕席
漢書成帝與張放等宴飲皆引滿舉白時班
伯父疾新起因上指紂醉踞妲己之畫而諫
曰詩書淫亂之戒其原皆在于酒上嘆曰吾
久不見班生今日復聞讜言
漢百官儀凡章表皆啓封其言密事得皂囊
封上
漢書太常遣晁錯受尚書伏生所錯還遷博
士因上書言事

議對第二十四

周爰諮謀是謂爲議議之言宜審事宜也易之節卦君子以制度數議德行周書曰議事以制政乃弗迷議貴節制經典之體也昔管仲稱軒轅有明臺之議則其來遠矣洪水之難堯咨四岳宅揆之舉舜疇五人三代所興詢及芻蕘春秋釋宋魯桓務議及趙靈胡服而季父爭論商鞅變法而甘龍交辨雖憲章無筭而同異足觀迄今有漢始立駮議駮者雜也襍議不純故曰

駮也自兩漢文明楷式昭備藹藹多士發言盈庭若賈誼之遍代諸生可謂捷於議也至如主父之駮挾弓安國之辨匈奴賈捐之之陳於朱崖劉歆之辨於祖宗雖質文不同得事要矣若乃張敏之斷輕侮郭躬之議擅誅程曉之駮校事司馬芝之議貨錢何曾蠲出女之科秦秀定賈充之謚事實允當可謂達議體矣漢世善駮則應劭爲首晉代能議則傅咸爲宗然仲瑗博古而銓貫以叙長虞識洽而屬辭枝繁及陸機

斷議亦有鋒頴而腴辭弗翦頗累文骨亦各有美風格存焉夫動先擬議明用稽疑所以敬慎群務弛張治術故其大體所資必樞紐經典採故實於前代觀通變於當今理不謬搖其枝字不妄舒其藻又郊祀必洞於禮戎事□練於兵田穀先曉於農斷訟務精於律然後標以顯義約以正辭文以辨潔爲能不以繁縟爲巧事以明覈爲美不以深隱爲奇此綱領之大要也若不達政體而舞筆弄文支離搆辭穿鑿會巧空騁其華固爲事實所擯設得其理亦爲遊辭所

埋昔秦女嫁晉從文衣之媵者晉人貴媵而賤女楚珠鬻鄭爲薰桂之櫝鄭人買櫝而還珠若文浮於理末勝其本則秦女楚珠復在於茲矣

又對策者應詔而陳政也射策者探事而獻說也言中理準譬射侯中的二名雖殊即議之別體也古之造士選事考言漢文中年始舉賢良鼂錯對策蔚爲舉首及孝武益明旁求俊乂對策者以第一登庸射策者以甲科入仕斯固選

賢要術也觀晁氏之對考驗古今辭裁以辨事通而贍超升高第信有徵矣仲舒之對祖述春秋本陰陽之化究列代之變煩而不慁者事理明也公孫之對簡而未博然總要以約文事切而情舉所以太常居下而天子擢上也杜欽之對畧而指事辭以治宣不爲文作及後漢魯丕辭氣質素以儒雅中策以入高第凡此五家並明代之明範也魏晉已來稍務文麗以文紀實所失已多及其來選又稱疾不會雖欲求文弗可得也是以漢飲博士而雉集于堂晉策秀才而麏興於前無他怪也選失之異耳夫駁議偏辨各執異見對策揄揚大明治道使事深於政術理密於時務酌三五以鎔世而非迂緩之高談馭權變以拯俗而非刻薄之僞論風恢恢而能遠流洋洋而不溢王庭之美對也難矣哉士之爲才也或練治而寡文或工文而疏治對策所選實屬通才志足文遠不其鮮歟

贊曰

議惟疇政名實相課斷理必剛摛辭無懦對策
王庭同時酌和治體高兼雅謨遠播　校十四字
管子桓公問篇黃帝立明臺之議者上觀于
賢也堯有衢室之問者下聽于人也公曰吾
欲效之其名云何仲曰名曰嘖室之議
史記趙武靈王欲胡服公子成曰中國者賢
聖之所教也今王舍此而襲遠方之服變古
之教逆人之心王曰儒者一師而俗異中國
同禮而教離叔之所言者俗也吾所言者所
以制俗也公子成曰王將繼簡襄之意以順
先王之志臣敢不聽命
史記孝公既用衛鞅鞅欲變法甘龍曰聖人
不易民而教知者不變法而治鞅曰龍之所
言世俗之言也三代不同禮而王五伯不同
法而伯孝公曰善卒定變法之令
史記賈誼爲博士每詔令議下諸老先生不

能言賈生盡爲之對人人各如其意所欲出
漢書公孫弘奏禁民毋得挾弓弩上下其議
吾丘壽王對曰臣恐邪人挾之而吏不能止
良民以自備而抵法禁是擅賊威而奪民救
也上以難丞相弘弘詘服焉然非主父偃事
史記韓安國字長孺梁城安人武帝時拜御
史大夫時匈奴請和親大行王恢議伏兵擊
之安國曰匈奴輕疾悍亟之兵也至如猋風
去如收電難得而制今使邊郡久廢耕織以
支胡之常事其勢不相權也臣故曰勿擊便
漢書賈捐之字君房誼之曾孫元帝初元中
朱崖數反上欲大發軍捐之以駱越之人獨
居一海之中霧露氣濕多毒虫之害願遂棄
之專用恤關東爲憂從之
漢書哀帝時光祿勳彭宣以武帝廟親盡宜
毀劉歆曰孝武皇帝南滅百粤北攘匈奴至
今累世賴之且天子三昭三穆與太祖之廟
而七孝宣皇帝與公卿定議既以爲世宗之

潮臣愚以孝武功烈如彼宣帝崇立如此不宜毀上從之

後漢書張敏字伯達河間鄚人建初中爲尚書有侮人父而子殺之肅宗貰其死刑自後定其議爲輕侮法敏議以執憲之吏得設巧詐非所以導在醜不爭之義可下三公廷尉蠲除其敝議寢不省

後漢書郭躬字仲孫陽翟人時竇固出擊匈奴秦彭爲副在別屯輒以法斬人固奏彭專擅請誅之帝下其事躬曰漢制棨戟即爲斧鉞於法不合罪帝從之

魏志程曉字季明嘉平中爲黃門侍郎先是武帝置校事官其後放橫曉上疏以校事小吏言不可信乃罷之

魏志司馬芝字子華河內人先是文帝罷五銖錢令民以穀帛爲市至明帝時巧僞滋多芝議以用錢非獨豐國亦以省刑從之

晉書荀氏以毋丘儉事女芝爲劉子元妻當坐詰司隸何曾乞恩曾使主簿程咸上議云男不并罪于他族女獨嬰戮于二門臣以在室之女宜從父母之誅出嫁之女宜從夫家之罰從之

晉書秦秀字玄良雲中人咸寧中爲博士先是賈充薨無子妻槐以外孫韓謐爲後秀議曰充舍宗族弗授而以異姓爲後絕父祖之血食開朝廷之禍門按謚法昏亂紀度曰荒宜謚爲荒帝不納

後漢書應劭字仲遠汝南人辟車騎將軍何苗掾劭駁韓卓烏桓之議及尹次史玉之獄凡爲駁議三十篇

漢書蕭望之以射策甲科爲郎顏注射策者爲難問疑義書之于策有欲射者隨其所取釋之以知優劣射之言投射也對策者顯問以政事觀其文辭定高下也

漢書文帝十五年策賢良能直言極諫者對策者百餘人惟晁錯爲高第

漢書董仲舒廣川人少治春秋武帝舉賢良
文學之士前後百數仲舒以賢良對策第一
史記公孫弘菑川薛人武帝元光五年舉賢
良弘至太常對策太常奏弘第居下策奏天
子擢爲第一
漢書杜欽字子夏京兆人元帝時有日蝕地
震之變詔舉直言合陽侯舉欽夏又詔詣白
虎殿對策欽專攻上身與後宮而實爲陰爲
王氏地云
後漢書魯平字叔陵歷官趙王相
晉書元帝時以天下喪亂務存慰勉遠方孝
秀不復策試旣經畧粗定乃詔試經有不中
舉者免其太守其後孝秀莫敢應命有迸至
京師者皆以疾辭
漢書成帝鴻嘉二年三月博士行飲酒禮有
雉蜚集于庭詔曰帝王之道日以陵夷意者
招賢選士之路鬱滯而不通與
晉書成帝咸和六年會州郡秀孝于樂賢堂
有麏見于前獲之孫盛以爲吉祥五行志以
自喪亂以來風教陵夷秀孝策試四科之實
麏興于前或斯故乎

書記第二十五

大舜云書用識哉所以記時事也蓋聖賢言辭總爲尚書尚書之爲體主言者也揚雄曰言心聲也書心畫也聲畫形君子小人可見矣故書者舒也舒布其言陳之簡牘取象乎夬貴在明決而已三代政暇文翰頗疎春秋聘繁書介彌盛繞朝贈士會以策子家與趙宣以書巫臣之遺子反子產之諫范宣詳觀四書辭若對面又子服敬叔進弔書於滕君固知行人挈辭多被翰墨矣及七國獻書詭麗輻湊漢來筆札辭氣紛紜觀史遷之報任安東方朔之難公孫楊惲之酬會宗子雲之答劉歆志氣槃桓各含殊采並杼軸乎尺素抑揚乎寸心逮後漢書記則崔瑗尤善魏之元瑜號稱翩翩文舉屬章半簡必錄休璉好事留意辭翰抑其次也嵇康絕交實志高而文偉矣趙至贈離迺少年之激切也至如陳遵占辭百封各意禰衡代書疎密得宜斯又尺牘之偏才也詳總書體本在盡言言以散

鬱陶託風采故宜條暢以任氣優柔以懌懷文
明從容亦心聲之獻酬也若夫尊貴差序則肅
以節文戰國以前君臣同書秦漢立儀始有表
奏王公國內亦稱奏書張敞奏書於膠后其義
美矣迄至後漢稍有名品公府奏記而郡將奏
牋記之言志進己志也牋者表也識表其情也
崔寔奏記於公府則崇讓之德音矣黃香奏牋
於江夏亦肅恭之遺式矣公幹牋記麗而規益
子桓弗論故世所共遺若略名取實則有美於

爲詩矣劉廙謝恩喻切以至陸機自理情周而
巧牋之爲善者也原牋記之爲式旣上窺乎表
亦下睨乎書使敬而不懾簡而無傲清美以惠
其才彪蔚以文其響蓋牋記之分也夫書記廣
大衣被事體筆劄雜名古今多品是以總領黎
庶則有譜籍簿錄醫曆星筮則有方術占式申
憲述兵則有律令法制朝市徵信則有符契券
疏百官詢事則有關刺解牒萬民達志則有狀
列辭諺並述理於心著言於翰雖藝文之末品

而政事之先務也故謂譜者普也注序世統事資周普鄭氏譜詩蓋取乎此籍者借也歲借民力條之於版春秋司籍即其事也簿者圃也草木區別文書類聚張湯李廣爲吏所簿別情僞也錄者領也古史世本編以簡策領其名數故曰錄也方者隅也醫藥攻病各有所主專精一隅故藥術稱方術者路也筭歷極數見路乃明九章積微故稱爲術淮南萬畢皆其類也占者覘也星辰飛伏伺候乃見精觀書雲故曰占也式者則也陰陽盈虛五行消息變雖不常而稽之有則也律者中也黃鍾調起五音以正法律馭民八形克平以律爲名取中正也令者命也出命申禁有若自天管仲下令如流水使民從也法者象也兵謀無方而奇正有象故曰法也制者裁也上行於下匠之制器也符者孚也徵召防僞事資中孚三代玉瑞漢世金竹末代從省易以書翰矣契者結也上古純質結繩執契今羌胡徵數負販記緡其遺風歟券者束也明

白約束以備情僞字形半分故周稱判書古有
鐵券以堅信誓王褒髯奴則券之楷也疏者布
也布置物情一作類撮題近意故小券短書號爲
疏也關者閉也出入由門關閉由審庶務在政
通塞應詳韓非云公孫亶回聖相也而關於州
部蓋謂此也刺者達也詩人諷刺周禮三刺事
敘相達若針之通結矣解者釋也解釋結滯徵
事以對也牒者葉也短簡編牒如葉在枝溫舒
截蒲即其事也議政未定故短牒咨謀牒之尤

密謂之爲籤籤者纖密者也狀者貌也體貌本
原取其事實先賢表謚並有行狀狀之大者也
列者陳也陳列事情昭然可見也辭者舌端之
文通已於人子產有辭諸侯所賴不可已也諺
者直語也喪言亦不及文故弔亦稱諺廛路淺
言有實無華鄒穆公云囊漏儲中皆其類也太
誓古人有言牝雞無晨大雅云人亦有言惟憂
用老並上古遺諺詩書所引者也至於陳琳諫
辭稱掩目捕雀潘岳哀辭稱掌珠伉儷並引俗

說而爲文辭者也夫文辭鄙俚莫過於諺而聖賢詩書採以爲談况踰於此豈可忽哉觀此四條並書記所總或事本相通或文意各異或全任質素或雜用文綺隨事立體貴乎精要意少一字則義闕句長一言則辭妨並有司之實務而浮藻之所忽也然才冠鴻筆多疎尺牘譬九方歅之識駿足而不知毛色牝牡也言既身文信亦邦瑞翰林之士思理實焉

贊曰

文藻條流託在筆札既馳金相亦運木訥萬古聲薦千里應拔庶務紛綸因書乃察 校三十一字

五卷共校七十三字

書侯以明之撻以記之書用識哉欲並生哉

春秋左傳晉患秦之用士會也乃使魏壽餘僞以魏叛者以誘士會士會行繞朝贈之以策曰子無謂秦無人吾謀適不用也

春秋左傳晉侯不見鄭伯以爲貳于楚也子家使執訊而與之書以告趙宣子曰寡君卽位三年召蔡侯而與之事君夷與孤之二三臣相及于絳雖我小國則蔑以過之矣

春秋左傳楚子重子反以夏姬故怨巫臣而殺其族巫臣自晉遺二子書曰爾以讒慝貪婪事君而多殺不辜吾必使爾疲于奔命以死

春秋左傳范宣子爲政諸侯之幣重子產寓

書于子西以諫曰子爲晉國四鄰諸侯不聞
令德而聞重幣僑也惑之毋寧使人謂子子
實生我而謂子浚我以生乎
禮記檀弓滕成公之喪使子服敬叔弔進書
子服惠伯爲介及郊遇懿伯之忌不入惠伯
曰不可以叔父之私不將公事遂入
漢書司馬遷被刑之後爲中書令尊寵任職
故人益州刺史任安予遷書責以推賢進士
之義遷報以書
漢書武帝時東置滄海北築朔方之郡公孫
弘數諫以爲疲敝中國以奉無用之地願罷
之帝使朱買臣東方朔等難之發十策弘不
得一
漢書楊惲字子幼丞相敞之子司馬遷外孫
也以發霍氏反事封平通侯後失位家居治
產起宅友人孫會宗與書戒之惲答以書
古文苑劉歆與楊雄書從取方言雄答以書
文選魏文帝與吳質書元瑜書記翩翩致足
樂也
晉書山濤爲吏部將去選官舉嵇康自代康
乃與濤書告絕
晉書趙至字景真代郡人至與嵇康兄子蕃
友善至將遠適乃與蕃書叙離
漢書陳遵字孟公杜陵人遷河南太守到官
治書謝京師故人憑几口授數百封親疎各
有意
後漢書禰衡爲黄祖作書記輕重疎密各得
體宜祖執其手曰處士此正得祖意如祖腹
中之所欲言也
漢書張敞爲膠東王相王太后數出遊獵敞
奏書諫之后不復出
後漢書崔寔辟大將軍梁冀府
後漢書黄香字文疆江夏人歷官魏郡太守
魏志劉廙字恭嗣南陽人太祖徙廙倉曹屬
廙上疏謝恩曰起烟于寒灰之上生華于已
枯之木物不答施于天地子不謝生于父毋

後漢書鄭玄傳著毛詩譜注云玄於詩譜論
語為之作序此譜亦序之類避子夏序名以
其列諸侯世及之次謂之為譜
春秋左傳周景王為籍談曰昔而高祖孫伯
黶司晉之典籍以為大政故曰籍氏
史記張湯為御史大夫天子以湯懷詐而欺
使使八輩簿責湯
史記李廣從大將軍擊匈奴軍失道大將軍
使長史急責廣之幕府對簿
隋志淮南王鴻寶萬畢術
春秋左傳公既視朔遂登觀臺以望而書禮
也凡分至啓閉必書雲物為備故也
書舜典輯五瑞又頒瑞于群后傳瑞信也公
桓圭侯信圭伯躬圭子穀璧男蒲璧
史記漢文帝二年九月初與郡國守相為銅
虎符竹使符
古文苑王褒僮約云資中男子王子淵從成
都安志里女子楊惠買夫時戶下髯奴便了

決賈五千然從百役使不得有二言云云
韓子徐渠問田鳩曰陽城義渠明將也而措
于毛伯公孫亶回聖相也而關于州部何哉
田鳩曰此無他主有度上有術之故也
漢書路溫舒父為里門監使溫舒牧羊溫舒
取澤中蒲截以為牒編用寫書
春秋左傳子產相鄭伯如晉晉以我喪故未
之見也子產使盡壞其館垣而納車馬焉士
文伯讓之子產曰雖君之有魯喪亦敝邑之
憂也若獲薦幣脩垣而行君之惠也敢憚勤
勞趙文子曰是吾罪也乃毀築諸侯之館叔
向曰辭之不可已也子產有辭諸侯賴之
孝經子曰孝子之喪親也哭不偯禮無容言
不文
賈誼新書鄒穆公令食鳧鴈者必以粃于是
倉無粃而求易于民二石粟而易一石粃吏
請以粟食之公曰去非而所知也汝知小計
而不知大會周諺曰囊漏貯中而獨弗聞與

後漢書何進欲召外兵向京城劫太后以誅宦官陳琳爲進主簿諫曰易稱即鹿無虞諺云掩目捕雀夫微物尚不可欺況國之大事其可以詐立乎潘黄門集楊仲武誄序子之姑予之伉儷焉

列子秦穆公使九方皐求馬三月而反報曰已得之在沙丘公曰何馬對曰牝而黄使人往取之牡而驪穆公弗說伯樂曰若皐之所觀天機也得其精而忘其粗馬至果天下之良馬也

文心雕龍訓故卷之五終

文心雕龍訓故卷之六

明河南王惟儉訓

神思第二十六

古人云形在江海之上心存魏闕之下神思之謂也文之思也其神遠矣故寂然凝慮思接千載悄焉動容視通萬里吟詠之間吐納珠玉之聲眉睫之前卷舒風雲之色其思理之致乎故思理爲妙神與物游神居胷臆而志氣統其關鍵物沿耳目而辭令管其樞機樞機方通則物

無隱貌關鍵將塞則神有遯心是以陶鈞文思貴在虛靜疏瀹五藏澡雪精神積學以儲寶酌理以富才研閱以窮照馴致以繹辭然後使玄解之宰尋聲律而定墨獨照之匠闚意象而運斤此蓋馭文之首術謀篇之大端夫神思方運萬塗競萌規矩虛位刻鏤無形登山則情滿於山觀海則意溢於海我才之多少將與風雲而並驅矣方其搦翰氣倍辭前暨乎篇成半折心始何則意翻空而易奇言徵實而難巧也是以

意授於思言授於意密則無際疏則千里或理在方寸而求之域表或義在咫尺而思隔山河是以秉心養術無務苦慮含章司契不必勞情也人之稟才遲速異分文之制體大小殊功相如含筆而腐毫楊雄輟翰而驚夢桓譚疾感於苦思王充氣竭於思慮張衡研京以十年左思練都以一紀雖有巨文亦思之緩也淮南崇朝而傳騷枚臯應詔而成賦子建援牘如口誦仲宣舉筆似宿構阮瑀據案而制書禰衡當食而

草奏雖有短篇亦思之速也若夫駿發之士心總要術敏在慮前應機立斷覃思之人情饒歧路鑒在疑後研慮方定機敏故造次而成功慮疑故愈久而致績難易雖殊並資博練若學淺而空遲才疎而徒速以斯成器未之前聞是以臨篇綴慮必有二患理鬱者苦貧辭溺者傷亂然則博聞為饋貧之糧貫一為拯亂之藥博而能一亦有助乎心力矣若情數詭雜體變遷貿拙辭或孕於巧義庸事或萌於新意視布於麻

雖云未費杼軸獻功煥然乃珍至於思表纖旨
文外曲致言所不追筆固知止至精而後闡其
妙至變而後通其數伊摯不能言鼎輪扁不能
語斤其微矣乎

贊曰

神用象通情變所孕物以貌求心以理勝刻鏤
聲律萌芽比興結慮司契垂帷制勝

校五字

莊子讓王篇中山公子牟謂瞻子曰身在江
海之上心居乎魏闕之下奈何
桓譚新論余少時見楊子雲麗文不量年少
猥欲逮及嘗作小賦精思大劇而立感動發

病予云亦言成帝詔作甘泉賦爲之卒暴倦
卧夢吐五藏出地及覺大少氣病一歲
後漢書時天下承平日久自王侯以下莫不
踰侈張衡乃擬班固兩都作二京賦因以諷
諫精思傳會十年乃成
臧榮緒晉書左太冲作三都賦構思十稔門
庭藩溷皆着紙筆遇得一句即疏之
史記淮南王安來朝帝使爲離騷傳旦受詔
食時即上
史記枚皐爲文疾受詔輒成故所賦者多司
馬相如善爲文而遲故所作少而善于皐
文選楊脩答曹子建書嘗親見執事握筆持
牘有所造作若成誦在心借書于手會不斯
須少留思慮
魏志王粲善屬文舉筆便成無所改定時人
常以爲宿構然政復精意覃思亦不能加也
典畧太祖嘗使阮瑀作書與韓遂瑀于馬上
具草書成呈之太祖擥筆欲有所定而竟不

能增損
呂氏春秋湯得伊尹明日設朝而見之說湯以至味曰鼎中之變精妙微纖口弗能言志弗能喻
莊子輪扁謂桓公曰以臣之事觀之斲輪徐則甘而不固疾則苦而不入不疾不徐得之于手而應之于心口不能言有數存焉于其間

體性第二十七

夫情動而言形理發而文見蓋沿隱以至顯因內而符外者也然才有庸儁氣有剛柔學有淺深習有雅鄭並情性所鑠陶染所凝是以筆區雲譎文苑波詭者矣故辭理庸儁莫能翻其才風趣剛柔寧或改其氣事義淺深未聞乖其學體式雅鄭鮮有反其習各師成心其異如面若總其歸塗則數窮八體一曰典雅二曰遠奧三曰精約四曰顯附五曰繁縟六曰壯麗七曰新奇八曰輕靡典雅者鎔式經誥方軌儒門者也遠奧者馥采典文經理玄宗者也精約者覈字省句剖析毫釐者也顯附者辭直義暢切理厭心者也繁縟者博喻釀采煒燁枝派者也壯麗者高論宏裁卓爍異采者也新奇者擯古競今危側趣詭者也輕靡者浮文弱植縹緲附俗者也故雅與奇反奧與顯殊繁與約舛壯與輕乖文辭根葉苑囿其中矣若夫八體屢遷功以學成才力居中肇自血氣氣以實志志以定言吐

納英華莫非情性是以賈生俊發故文潔而體
清長卿傲誕故理侈而辭溢子雲沉寂故志隱
而味深子政簡易故趣昭而事博孟堅雅懿故
裁密而思靡平子淹通故慮周而藻密仲宣躁
銳故穎出而才果公幹氣褊故言壯而情駭嗣
宗俶儻故響逸而調遠叔夜俊俠故興高而采
烈安仁輕敏故鋒發而韻流士衡矜重故情繁
而辭隱觸類以推表裏必符豈非自然之恒資
才氣之大畧哉夫才有天資學慎始習斲梓染

絲功在初化器成綵定難可翻移故童子雕琢
必先雅製沿根討葉思轉自圓八體雖殊會通
合數得其環中則輻湊相成故宜摹體以定習
因性以練才文之司南用此道也

贊曰

才性異區文體繁詭辭為膚根志實骨髓雅麗
黼黻淫巧朱紫習亦凝真功沿漸靡

風骨第二十八

詩總六義風冠其首斯乃化感之本源志氣之符契也是以怊悵述情必始乎風沉吟鋪辭莫先於骨故辭之待骨如體之樹骸情之含風猶形之包氣結言端直則文骨成焉意氣駿爽則文風清焉若豐藻克贍風骨不飛則振采失鮮負聲無力是以綴慮裁篇務盈守氣剛健旣實輝光乃新其爲文用譬征鳥之使翼也故練於骨者析辭必精深乎風者述情必顯捶字堅而難移結響凝而不滯此風骨之力也若瘠義肥辭繁雜失統則無骨之徵也思不環周索謀乏風則無風之驗也昔潘勗錫魏思摹經典羣才韜筆乃其骨髓畯也相如賦僊氣號凌雲蔚爲辭宗迺其風力遒也能鑒斯要可以定文茲術或違無務繁采故魏文稱文以氣爲主氣之清濁有體不可力强而致故其論孔融則云體氣高妙論徐幹則云時有齊氣論劉楨則云時有逸氣公幹亦云孔氏卓卓信含異氣筆墨之性

殆不可勝並重氣之旨也夫翬翟備色而翾翥百步肌豐而力沈也鷹隼乏采而翰飛戾天骨勁而氣猛也文章才力有似於此若風骨乏采則鷙集翰林采乏風骨則雉竄文囿唯藻耀而高翔固文筆之鳴鳳也若夫鎔冶經典之範翔集子史之術洞曉情變曲昭文體然後能孚甲新意雕畫奇辭昭體故意新而不亂曉變故辭奇而不黷若骨采未圓風辭未練而跨略舊規馳騖新作雖獲巧意危敗亦多豈空結奇字紕繆而成經矣周書云辭尚體要弗惟好異蓋防文濫也然文術多門各適所好明者弗授學者弗師於是習華隨侈流遁忘反若能確乎正式使文明以健則風清骨峻篇體光華能研諸慮何遠之有哉

贊曰

情與氣偕辭共體並文明以健珪璋乃聘蔚彼風力嚴此骨鯁才鋒峻立符采克炳

校二字

漢書司馬相如見上好僊道以列僊之閒居山澤閒形容甚臞此非帝王之僊意也乃遂

就大人賦天子大悅飄飄有凌雲之氣似遊
天地之間意
文選文帝與吳質書公幹有逸氣但未遒耳典論王粲長於詞賦徐幹時有齊氣然粲之匹也孔融體氣高妙有過人者然不能持論理不勝詞至于雜以嘲戲及其所善揚班儔也

通變第二十九

夫設文之體有常變文之數無方何以明其然耶凡詩賦書記名理相因此有常之體也文辭氣力通變則久此無方之數也名理有常體必資於故實通變無方數必酌於新聲故能騁無窮之路飲不竭之源然綆短者銜渴足疲者輟塗非文理之數盡乃通變之術疎耳故論文之方譬諸草木根幹麗土而同性臭味晞陽而異品矣是以九代詠歌志合文財黃歌斷竹質之

至也唐歌在昔則廣於黃世虞歌卿雲文於唐時夏歌雕墻縟於虞代商周篇什麗於夏年至於序志述時其揆一也暨楚之騷文矩式周人漢之賦頌影寫楚世魏之篇制顧慕漢風晉之辭章瞻望魏采搉而論之則黃唐淳而質虞夏質而辨商周麗而雅楚漢侈而艷魏晉淺而綺宋初訛而新從質及訛彌近彌澹何則競今疎古風味氣衰也今才頴之士刻意學文多略漢篇師範宋集雖古今備閱然近附而遠疎矣夫

青生於藍絳生於蒨雖踰本色不能復化桓君山云予見新進麗文美而無採及見劉揚言辭常輒有得此其驗也故練青濯錦必歸藍蒨矯訛翻淺還宗經誥斯斟酌乎質文之間而檃括乎雅俗之際可與言通變矣夫誇張聲貌則漢初巳極自茲厥後循環相因雖軒翥出轍而終入籠內枚乘七發云通望兮東海虹洞兮蒼天相如上林云視之無端察之無涯日出東沼月生西陂馬融廣成云天地虹洞因無端涯大明出東月生西陂楊雄校獵云出入日月天與地沓張衡西京云日月於是乎出入象扶桑於蒙汜此並廣寓極狀而五家如一諸如此類莫不相循參伍因革通變之數也是以規畧文統宜宏大體先博覽以精閱總綱紀而攝契然後拓衢路置關鍵長轡遠馭從容按節憑情以會通負氣以適變采如宛虹之奮鬐毛若長離之振翼迺穎脫之文矣若乃齷齪於偏解矜激乎一致此庭間之迴驟豈萬里之逸步哉

贊曰

文律運周日新其業變則其久通則不乏趨時

必果乘機無怯望今制奇參古定法　　校四字

吳越春秋弾歌斷竹續竹飛土逐宍

尚書大傳舜將禪禹百工相和而歌卿雲帝

乃再歌曰卿雲爛兮禮縵縵兮日月光華旦

復旦兮

書五子歌内作色荒外作禽荒甘酒嗜音峻

宇雕墻有一于此未或不亡

張衡思玄賦前長離使拂羽兮委水衡乎玄

冥注長離鳳鳥也

定勢第三十

夫情致異區文變殊術莫不因情立體卽體成勢也勢者乘利而爲制也如機發矢直澗曲文回自然之趣也圓者規體其勢也自轉方者矩形其勢也自安文章體勢如斯而已是以模經爲式者自入典雅之懿效騷命篇者必歸豔逸之華綜意淺切者類乏醞藉斷辭辨約者率乖繁縟譬激水不漪槁木無陰自然之勢也是以繪事圖色文辭盡情色糅而犬馬殊形情交而雅俗異勢鎔範所擬各有司匠雖無嚴郛難得踰越然淵乎文者並總群勢奇正雖反必兼解以俱通剛柔雖殊必隨時而適用若愛典而惡華則兼通之理偏似夏人爭弓矢執一不可以獨射也若雅鄭而共篇則總一之勢離是楚人鬻矛譽楯兩難得而俱售也是以括囊雜體功在銓別宮商朱紫隨勢各配章表奏議則準的乎雅頌賦頌歌詩則羽儀乎淸麗符檄書移則楷式於明斷史論序注則師範於覈要箴銘碑

誄則體制於弘深連珠七辭則從事於巧豔此循體而成勢隨變而立功者也雖復契會相參節文互雜譬五色之錦各以本采爲地矣桓譚稱文家各有所慕或好浮華而不知實覈或美衆多而不見要約陳思亦云世之作者或好煩文博採深沉其旨者或好離言辨白分毫析釐者所習不同所務各異言勢殊也劉楨云文之體指實彊弱使其辭已盡而勢有餘天下一人耳不可得也公幹所談頗亦兼氣然文之任勢

勢有剛柔不必壯言慷慨乃稱勢也又陸雲自稱往日論文先辭而後情尚勢而不取悅澤及張公論文則欲宗其言夫情固先辭勢實須澤可謂先迷後能從善矣自近代辭人率好詭巧原其爲體訛勢所變厭黷舊式故穿鑿取新察其訛意似難而實無他術也反正而已故文反正爲乏辭反正爲奇效奇之法必顛倒文句上字而抑下中辭而出外回互不常則新色耳夫通衢夷坦而多行捷徑者趨近故也正文明白

而常務反言者適俗故也然密會者以意新得巧苟異者以失體成恠舊練之才則執正以馭奇新學之銳則逐奇而失正勢流不反則文體遂弊秉茲情術可無思邪

贊曰

形生勢成始末相承湍迴似規矢激如繩因利騁節情采自凝狂轡學步力心襄陵 校四字 六卷共校十五字

韓子楚人有鬻矛盾者譽其盾曰吾盾之堅物莫能陷也又譽其矛曰吾矛之利於物無不陷也或曰以子之矛陷子之盾何如其人弗能應也

陸士龍集與兄機書往日論文先辭而後情尚勢而不取悅澤嘗憶兄道張公論文實欲自得今日便欲宗其言

文心雕龍訓故卷之六終